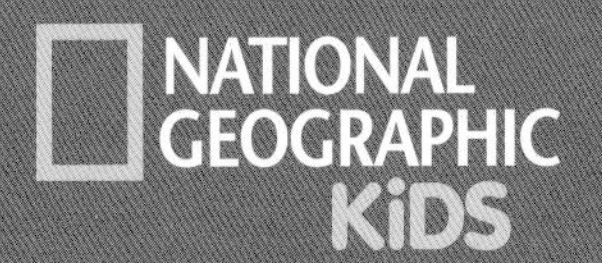

VIE SAUVAGE

Les pandas

Margie Markarian

Texte français
du Groupe Syntagme Inc.

SCHOLASTIC

Qu'est-ce qui est noir et blanc et couvert de poils comme une peluche?

Si tu as répondu « un panda géant »,

tu as raison!

Les pandas sont affectueux, curieux et adorables.
Ensemble, explorons le monde des pandas.

Toujours plus haut!

Les pandas vivent dans les forêts de bambous, dans les hautes montagnes de Chine.

Dans leur habitat, il y a de grands arbres auxquels ils peuvent grimper, des corniches rocailleuses à explorer, des bambous à manger et de la verdure où ils aiment se rouler.

WHOU!

CARTE

Au pays des pandas

La Chine est le quatrième pays du monde en superficie. Elle se trouve sur le continent asiatique.

Les pandas vivent au centre de la Chine. Certains vivent dans la nature, et d'autres dans des réserves comme la réserve naturelle nationale de Wolong.

On trouve aussi des pandas dans des zoos de plusieurs pays du monde.

ZOO DE CHAPULTEPEC (MEXIQUE)

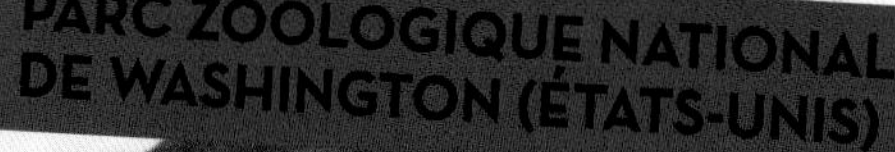

PARC ZOOLOGIQUE NATIONAL DE WASHINGTON (ÉTATS-UNIS)

ZOO DE BEAUVAL (FRANCE)

ZOO DE UENO (JAPON)

OCEAN PARK (HONG KONG)

Au pays des géants

Ce n'est pas sans raison qu'on les appelle « pandas géants » : ils sont GIGANTESQUES!

Un panda adulte pèse entre 90 et 135 kilogrammes (de 200 à 300 lb). De la tête aux pattes arrière, il mesure entre 1,2 et 1,8 mètre de long (de 4 à 6 pi). C'est environ la longueur d'un canapé.

Pas seulement un gros nounours...

Les pandas sont adorables avec leur grosse tête ronde duveteuse, leurs yeux entourés de noir et leurs oreilles noires et pelucheuses! Du haut du crâne jusqu'au bout des orteils, le corps des pandas est adapté à leur vie dans les montagnes brumeuses et les forêts denses.

La fourrure noire aide les pandas à se cacher dans la forêt. La fourrure blanche les aide à se cacher dans la neige.

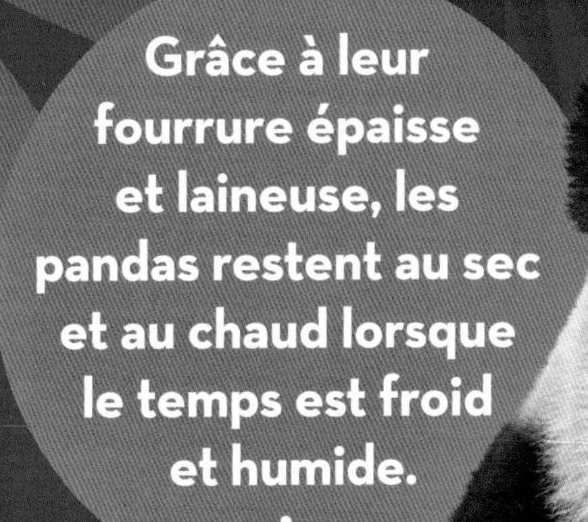

Grâce à leur fourrure épaisse et laineuse, les pandas restent au sec et au chaud lorsque le temps est froid et humide.

Leurs mâchoires puissantes et leurs grosses dents plates servent à écraser et à mâcher les tiges de bambou coriaces.

Ils utilisent leurs griffes pointues pour attraper les tiges de bambou et pour se suspendre aux branches des arbres.

Les coussinets de leurs pattes les empêchent de glisser sur les surfaces mouillées.

Coup de pouce!

Les pattes du panda ont un os très long qui a l'air d'un pouce. Avec ce doigt spécial, les pandas peuvent ATTRAPER les tiges de bambou et s'y AGRIPPER.

Voici mes cousins

En plus des pandas, il existe sept autres espèces d'ours.

Ours brun

La plupart des ours bruns d'Amérique du Nord sont appelés des grizzlis.

Ours noir

Les ours noirs ne sont pas toujours noirs! Il y en a aussi à la fourrure brune, beige, bleu-gris ou blanche.

Ours malais

La longue langue de l'ours malais est idéale pour attraper des termites et des abeilles. Miam!

Ours à lunettes

À cause de la fourrure claire autour de ses yeux, on dirait que cet ours porte des lunettes!

Ours lippu

Ces ours sont parfois appelés « ours paresseux ». Pourtant, ils peuvent se déplacer très rapidement.

Ours polaire
Les ours polaires restent au chaud même lorsqu'il fait très froid grâce à leur épaisse fourrure blanche et à leur couche de gras en dessous.
Ours noir d'Asie
Cet ours est aussi appelé « ours à collier » en raison de la tache blanche en demi-lune sur sa poitrine.

Bouchées de bambou

Pour se nourrir, les pandas n'ont envie que d'une chose : du bambou. Ils en mangent au déjeuner, au dîner et au souper.

N'importe quelle sorte de bambou fait l'affaire, et n'importe quelle partie : la tige, les feuilles, les pousses ou les fleurs. Pour les pandas, tout cela est un régal!

CROUNCH! CROUNCH! CROUNCH!

ALIMENTATION

Je trouve! Je mange! Je dors!

Même si les pandas adorent le bambou, cet aliment n'est pas très nourrissant. Ils doivent manger entre 11 et 18 kilogrammes (de 25 à 40 lb) de bambou par jour pour se remplir la panse et garder la santé.

Un panda passe environ 14 heures par jour à chercher et à manger du bambou.

Entre les collations, il fait de petites

SIIIIIEEEEEEESTES.

Fais de beaux rêves!

Bonjour, petit!

Les pandas qui viennent de naître sont VRAIMENT MINUSCULES. Ils pèsent à peine un demi-kilogramme (1 lb) et mesurent entre 13 et 18 centimètres (de 5 à 7 po) de long. C'est à peu près la taille d'une banane!

Comme les autres mammifères, les bébés pandas se nourrissent du lait de leur mère. Les mamans pandas restent près de leurs petits pour les **CÂLINER** et les **CAJOLER.**

PREMIÈRES ANNÉES

À la naissance : Le nouveau-né est rose, aveugle et sans défense.

À 3 semaines : Coucou! La fourrure noire et blanche commence à pousser.

Entre 6 et 8 semaines : Ses yeux s'ouvrent. Il découvre le monde!

À 3 mois : Le petit commence à ramper et à explorer. Tellement mignon!

À 4 mois :
Il marche à quatre pattes en titubant.

Entre 5 et 6 mois :
Il est prêt à manger du bambou et à grimper aux plus grands arbres!

À 1 an :
Il pèse entre 23 et 27 kg (de 50 à 60 lb) et il veut jouer!

À 2 ans :
Au revoir, maman. Je peux me débrouiller seul, maintenant!

L'indépendance

Les pandas géants sont des animaux solitaires. Cela veut dire qu'ils vivent seuls.

Les pandas ont tout de même besoin de communiquer entre eux. Parfois, ils communiquent en laissant leurs odeurs sur des rochers ou sur des arbres.

Un panda n'a qu'à **FROTTER** sa queue quelque part pour laisser un message odorant!

Peux-tu répéter?

Les pandas communiquent aussi en émettant des sons. Ils ne RUGISSENT pas comme les autres ours, mais ils font beaucoup d'autres bruits.

Ils râlent et couinent.
HOU! HOU!

Ils sifflent et grognent.
GRRR! SSSS!

Ils aboient et jappent.
AHOUAHOU!

LE SAVAIS-TU?

Les mamans pandas sont 900 fois plus grosses que leurs nouveau-nés.

Les mamans pandas transportent leurs petits dans leur gueule.

Le mot chinois pour panda est *daxiongmao*, ce qui veut dire « grand chat-ours ». Cela se prononce : da-chi-ong-ma-oh.

Dans les zoos, les pandas ne mangent pas seulement du bambou. On leur donne aussi des carottes, des pommes et des patates douces. Ils ont même droit, parfois, à des bâtonnets glacés aux fruits!

Pour respecter la tradition chinoise, on attend 100 jours avant de donner un nom à un panda qui naît dans un zoo ou une réserve.

PLOUF! Les pandas sont d'excellents nageurs.

Les crottes de panda sont si riches en fibres qu'on peut s'en servir pour fabriquer du papier.

Les pandas vivent environ 20 ans dans la nature, et environ 35 ans dans un zoo.

Les pandas ont un problème

Il y a longtemps, les pandas étaient beaucoup plus nombreux. Mais, quand il a fallu couper les arbres des forêts pour construire des villes, beaucoup de pandas ont perdu leur maison.

Aujourd'hui, il ne reste qu'environ 1 800 pandas à l'état sauvage. La perte de leur habitat est encore un gros problème pour ces créatures.

À la rescousse!

Les gens font de nombreuses choses pour aider les pandas, comme créer des endroits protégés où ces derniers peuvent vivre en sécurité. La réserve naturelle nationale de Wolong, en Chine, est le plus grand sanctuaire de pandas au monde. On y trouve un centre de recherche où des scientifiques étudient les pandas et aident les mamans à donner naissance à des petits forts et en santé.

AIDE

Es-tu ma maman?

Les petits pandas qui sont habitués à voir des gens ont de la difficulté à vivre seuls en forêt. C'est pour cette raison que les gens qui s'occupent d'eux dans les réserves portent parfois des costumes de panda collants et odorants.

On utilise des crottes et de l'urine de panda pour donner aux costumes une odeur qui ressemble à celle des mamans pandas.

IMPLIQUE-TOI

Tu peux aider les pandas, toi aussi!

Pour commencer, tu peux parler avec tes amis de ce que tu sais et de ce que tu aimes à propos des pandas. On appelle cela faire de la sensibilisation.

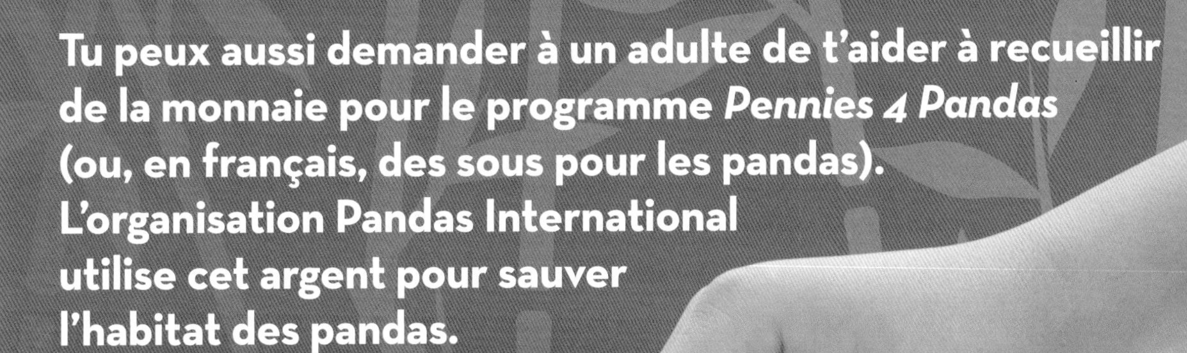

Tu peux aussi demander à un adulte de t'aider à recueillir de la monnaie pour le programme *Pennies 4 Pandas* (ou, en français, des sous pour les pandas). L'organisation Pandas International utilise cet argent pour sauver l'habitat des pandas.

Chaque sou compte!

ACTIVITÉ

Comment s'appelle cet animal?

Parmi les animaux noirs et blancs, les pandas géants sont peut-être les plus mignons, mais ils ne sont pas les seuls!

Peux-tu nommer ces autres animaux noirs et blancs?

1

2

1. Une vache 2. Un chien 3. Un épaulard 4. Un manchot 5. Une moufette 6. Un zèbre

Vous voulez développer l'intérêt de votre enfant pour les pandas?

Pour commencer, l'idéal serait d'aller voir les pandas au zoo. Malheureusement, aujourd'hui, il n'y a plus aucun panda dans les zoos du Canada. Il y en a quelques-uns aux États-Unis et au Mexique, et plusieurs en Europe et en Asie. Si vous ne pouvez pas y aller, votre enfant et vous pouvez toujours faire une visite virtuelle. Les zoos et les réserves ont souvent des caméras qui permettent d'observer les pandas à n'importe quelle heure du jour ou de la nuit. Vous pouvez aussi essayer de participer à un concours pour nommer un panda. Les zoos célèbrent souvent la naissance d'un bébé panda en invitant le public à suggérer un nom. **Voici d'autres activités à faire avec votre enfant.**

Se déguiser en panda (bricolage et mouvement)

Votre enfant peut se déguiser en panda en créant un costume maison. Pour fabriquer un masque de panda, vous avez seulement besoin d'une assiette en carton blanc épais, de papier de construction noir, d'un crayon noir et de deux bouts de ficelle. Aidez votre enfant à découper dans l'assiette deux trous pour les yeux, puis à dessiner deux taches noires, un nez et une bouche. Découpez des cercles noirs pour les oreilles et collez-les sur le haut de l'assiette. Avec un poinçon, faites un trou de chaque côté de l'assiette, insérez-y la ficelle et faites un nœud. Complétez le déguisement avec un chandail blanc et un pantalon ou des leggings noirs. C'est maintenant le temps de faire des roulades, des culbutes et des cabrioles!

Faire un exposé
(parler en public et écrire)

En vue d'un exposé oral à l'école ou à l'occasion d'une réunion de famille, suggérez à votre enfant d'apporter ce livre et une photo d'un panda, ou encore un animal en peluche, et de réciter cinq faits à propos des pandas. Prenez des photos de son exposé et demandez à votre enfant de créer un petit album avec des phrases courtes pour expliquer les images.

Adopter un panda
(responsabilité)

Non, votre famille ne va pas réellement accueillir un panda à la maison, mais il existe des programmes d'adoption grâce auxquels votre enfant et vous pourrez aider un panda à vivre en sécurité et en santé. Des organismes comme Pandas International et le World Wildlife Fund ont des programmes « d'adoption » proposant divers paliers de don.

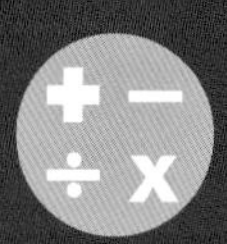

Le poids du bambou
(mathématiques)

Serais-tu capable de soulever 10 kilogrammes (25 lb) de bambou? Et si on montait jusqu'à 18 kilogrammes (40 lb)? La prochaine fois que vous irez faire des courses, aidez votre enfant à mettre les choses en perspective en lui indiquant le poids de divers produits. Commencez par quelque chose de léger, comme une livre de beurre (0,5 kg), puis passez à des produits de plus en plus lourds : un sac de farine de 2 kilogrammes (5 lb); un sac de patates de 5 kilogrammes (10 lb); une boîte de détergent de 7 kilogrammes (15 lb); deux gros contenants de peinture (environ 9 kilogrammes [20 lb]); six paquets de 500 feuilles de papier chacun (environ 14 kilogrammes [30 lb]); et un gros sac de nourriture pour chien (environ 18 kilogrammes [40 lb]).

Il était une fois
(littérature et liens culturels)

Lire sur les pandas peut susciter un intérêt pour la fiction et le folklore mettant en vedette des pandas. Vous pouvez proposer aux tout-petits des livres comme *Lave-toi les mains, M. Panda* et *Un câlin, M. Panda?* de Steve Antony. Aux lecteurs un peu plus âgés, conseillez la série *Animal totem*.

GLOSSAIRE

Le bambou : plante avec une tige creuse et ligneuse

Un centre de recherche : endroit où les gens étudient, font des découvertes et discutent de nouvelles idées et d'autres informations

Le climat : météo habituelle dans une région à un moment donné

Communiquer : échanger de l'information

Un continent : une des sept principales masses terrestres de la Terre

Une fibre : matière d'un végétal que l'organisme ne peut pas digérer

Un habitat : endroit où un animal vit dans la nature

Hiberner : dormir tout l'hiver

Les mammifères : groupe d'animaux, y compris les humains, qui ont une colonne vertébrale et le sang chaud, qui respirent à l'air libre, qui ont des cheveux ou des poils, et qui boivent le lait de leur mère

Un petit : bébé animal

Une réserve : zone de terre ou d'eau protégée

Pour papa, qui adorait regarder des émissions d'animaux et raconter toutes sortes d'anecdotes amusantes sur eux – M. M.

AL = Alamy Stock Photo; GI = Getty Images; MP = Minden Pictures; SS = Shutterstock

Page couverture, Hupeng/Dreamstime; quatrième de couverture, Mohd Rasfan/AFP/GI; (feuilles), Kolonko/SS; 1, Yoreh/Adobe Stock; 5, Mohd Rasfan/AFP/GI; 6 (GA), Gavin Maxwell/Nature Picture Library; 6 (DR), Hung Chung Chih/SS; 7 (GA), bgspix/SS; 7 (HA DR), Keren Su/China Span; 7 (BA DR), mauritius images GmbH/AL; 8, NG Maps; 9 (HA), Pedro Pardo/AFP/GI; 9 (CTR GA), Erika Bauer/AP/SS; 9 (CTR DR), Eric Baccega/MP; 9 (BA GA), Yoshikazu Tsuno/Reuters; 9 (BA DR), Dave Pattinson/AL; 10-11, Pascale Gueret/SS; 12, Isselee/Dreamstime; 13, Eric Isselee/SS; 14, Katherine Feng/MP; 15, clkraus/SS; 16, Henrik Karlsson/NiS/MP; 17 (HA), Jeanninebryan/Dreamstime; 17 (BA), wrangel/iStock/GI; 18 (HA), Juan Carlos Vindas/GI; 18 (BA), Christian Hutter/AL; 19 (HA), Pär Edlund/Dreamstime; 19 (BA), Engdao Wichitpunya/AL; 20, Jean-Paul Ferrero/Auscape/MP; 21, Bryan Faust/SS; 22, Sylvain Cordier/Biosphoto; 23, Glow Images/GI; 24, Katherine Feng/MP; 25, Mitsuaki Iwago/MP; 26 (HA), Lola Levan/EPA/SS; 26 (GA), WENN Rights Ltd/AL; 26 (BA), Xinhua/AL; 26 (DR), Li Qiaoqiao/Xinhua/Alamy Live News; 27 (HA GA), Katherine Feng/MP; 27 (HA DR), Katherine Feng/MP; 27 (BA GA), Katherine Feng/MP; 27 (BA DR), Mohd Rasfan/AFP/GI; 28-29, Jenny E. Ross; 30, Pascale Gueret/iStock/GI; 31 (HA), Pascale Gueret/iStock/GI; 31 (CTR DR), Mitsuaki Iwago/MP; 31 (BA), Suzi Eszterhas/MP; 32-33, Pete Oxford/MP; 34, View Stock/AL; 35, Joseph Van Os/GI; 36, Suzi Eszterhas/MP; 37 (HA GA), Katherine Feng/MP; 37 (HA DR), Yong Wang/SS; 37 (BA GA), Pongmanat Tasiri/EPA/SS; 37 (BA DR), Eugene Hoshiko/AP/SS; 38, China Photos/GI; 39, China Photos/GI; 40, Eric Isselee/SS; 41, Nagy-Bagoly Arpad/SS; 42 (GA), Clara Bastian/SS; 42 (DR), Volodymyr Burdiak/SS; 43 (HA GA), Robert Tripodi/SS; 43 (HA DR), Galina Savina/SS; 43 (BA GA), JeremyRichards/SS; 43 (BA DR), ArCaLu/SS

Catalogage avant publication de Bibliothèque et Archives Canada

Titre: Les pandas / Margie Markarian ; texte français du Groupe Syntagme.
Autres titres: Pandas. Français.
Noms: Markarian, Margie, auteur.
Collections: National Geographic Kids.
Description: Mention de collection: National Geographic Kids | Vie sauvage | Traduction de : Pandas.
Identifiants: Canadiana 20220164134 | ISBN 9781443197762 (couverture rigide)
Vedettes-matière: RVM: Pandas—Ouvrages pour la jeunesse. | RVMGF: Documents pour la jeunesse.
Classification: LCC QL737.C27 M3714 2022 | CDD j599.789—dc23

Édition publiée par les Éditions Scholastic, 604, rue King Ouest, Toronto (Ontario) M5V 1E1, Canada, avec la permission de National Geographic Partners, LLC.

5 4 3 2 1 Imprimé en Malaisie 38 22 23 24 25 26

Conception graphique de Kathryn Robbins

L'éditeur souhaite remercier David Kersey de son expertise sur les pandas. L'éditeur veut aussi remercier Angela Modany, adjointe à l'édition; Sarah J. Mock, éditrice photo principale; Mike McNey, production cartographique; Liz Seramur, éditrice photo; Anne LeongSon et Gus Tello, adjoints à la production et à la conception; et Alix Inchausti, directrice de la production.